수국꽃 편지

이 도서의 국립중앙도서관 출판시도서목록(CIP)은 e-CIP홈페이지(http://www.nl.go.kr/ecip)와 국가자료 공동목록시스템(http://www.nl.go.kr/kolisnet)에서 이용하실 수 있습니다. (CIP제어번호 : CIP2013001839)

수국꽃 편지

조선희 시집

우리글

시인의 말

길을 걷다 힘들어 되돌아가고 싶을 때도
지금까지 걸어온 시간이 아쉬워
앞만 보고 걸었습니다
한 줄의 글도 쓰지 못하는 날엔
그늘에 앉아 잠시 쉬면서
큰오색딱따구리가 건네는 말도 듣고
바람이 나뭇잎을 흔드는 순간마다
그늘의 평수가 달라지는 것도 눈여겨보며
내 안의 나에게 휴식의 시간을 주었습니다
살아서 팔딱이는 시어들이
고루 숨 쉴 수 있게
시를 못 쓰는 날마저도 사랑하는 이들에게
꽃의 마음으로 다가섰던 나날,
뒤돌아보니 지나온 먼 길처럼 아득합니다

2013년 봄
조선희

차례

해설

1부 숲에 세 들다

감국 차

마른 기억 하나
찻잔에 띄운다
꽃잎 하나 둘 펴지자
어디선가 불어오는
가을바람

자운영

배추흰나비 두 마리
어느새 날아와
머무는 한낮

양떼구름에 설레어
옥양목 한 폭 빨아 널다가 문득
하늘바라기만 했는데

자운영 들판
어린 꽃망울 속에 스며드는
달디 단 햇살

산허리에 걸린 아지랑이마저
보랏빛으로 풀어지는
봄날

숲에 세 들다

는개 자늑자늑 내리는 날
비자림로 사려니 숲길 걷습니다
인동초 피고 산딸나무 꽃 피고
오디 자잘하게 열려
입안 가득 침이 고입니다

'저건 시어서 못 먹을 거야'
여우처럼 중얼거려보다가
상산나무, 쪽동백나무, 합다리나무, 붉가시나무,
누린장나무…
나무에 오를 엄두가 나지 않아
떨어진 오디를 손바닥에 올려놓고
살살 흙을 털어 입에 쏘옥 넣어보는
일곱 살의 시간

기억은 철없이 자라
그 길 위에
등나무 새순으로 꿈을 엮습니다

사월

각시붓꽃에도 제비꽃에도
햇살 내려앉아
꽃을 피우는 사월

겨우내 움츠러들어 있던 생각들
잔뿌리에 고불고불 묻히고
새날을 기대하며 기지개 켠다

내리는 봄비에
한껏 키를 키운 고사리
고개 내밀더니 금새
툭 꺾인다

누군가의 꿈은 무너지고
누군가의 꿈은 돋아나는

빠마하는 날

오일장이 서는 날 비가 내렸다
경쾌한 빗방울 소리에
오고파 미용실 봉순 여사
가위든 손가락이 날개를 달았다

파마라고 말하면 금방 풀린다며
'빠마'라 고집하는 동네 어른들
봉순 여사 빠르게 손을 놀리며
읍내 소문들을 머리카락 속에 말아 넣는다
이웃마을 영감님
별다방 김 양과 바람난 이야기는
미용실 단골 레퍼토리
마흔 넘은 노총각이
열일곱 살 필리핀 신부와 결혼한 이야기도
잽싸게 말아 넣는다

동네 어른들이 건네는 만 원 한 장이
얼마나 귀한지 잘 아는
마음 따스한 봉순 여사

팽나무 이야기

오십 년 된 임대아파트
입구에 서 있는
늙은 팽나무 두 그루
그 나무 아래 평상이 놓였습니다
노인들 쉼터가 되어버린 길목
잡다한 세상살이가 천근으로 무거워졌다
솜털처럼 가벼워지곤 합니다
소문도 무성히 뿌리를 내려
밤새 백 리 길도 더 발을 뻗었습니다
저 놈의 평상 없었으면 싶다가도
물안개 피어오르던 청춘의 시간 아련해
넓은 그늘 속에 또 몸을 기대봅니다

흔들리면서

풍랑주의보가 내린 모슬포 부두
마라도 정기여객선 근처에 정박한
남성, 승진, 명월 틈새로 보이는
'조기파는갈치'라는 배

마라도에서 자리돔 가득 싣고 오던 날은
얼마나 위풍당당했던가
그물마다 꽉 끼인 생선을 떼어내느라
둥글게 말리던 허리
꿈속까지 은비늘로 환히 집어등 밝히며
구성진 가락에 흥청대던 부두였는데

치솟는 기름 값에
선주의 술주정에
갑판에 비린내도 말라붙어
갈매기만 쓸쓸하다
지금은 풍랑경보 중

밧줄에 몸을 맡기고 흔들려야 하는 때
나무가 뿌리로 겨울을 견뎌내듯이
파도에 기대어
폭풍이 지나가길 기다려야만 한다

건원릉 적송

영양제를 달고
쇠 지렛대로 몸을 지탱하는 것도 버거워
노인은 연신 가래를 뱉어낸다

오백 년 왕조 지금껏 굽어 살폈을진대
제 소임이 아직도 남아 있는지
구부린 허리에 옹이를 지고
도지는 천식에 진저리 치는 솔잎

푸르른 고요마저 잠든 새벽
적송은 한숨을 털어내며
이끼 낀 하루를 연다

화무십일홍花無十日紅

벗나무 봄바람에
연신 꽃잎 날리는 아라동 사거리
버스에서 내려 대학병원으로 향하는 횡단보도엔
지팡이를 짚고 휘청휘청 건너는 노인들
느릿느릿한 걸음이어도 마음은
흩날리는 벚꽃처럼 청춘이다
허공에서 햇살 반짝이는 꽃잎처럼
저렇듯 살아왔지
아침마다 라싸를 향해 오체투지하는 순례자들
가파른 산을 만나거나 얼음산을 만나도
결코 멈출 수 없는 저 발걸음으로 살았으리라
파랑 신호등이 꺼지기 전 갓 닿은 인도
긴 안도의 한숨 위로
하르르하르르 젊음이 지고 있네

풍경, 그 쓸쓸함

굽은 길
다림질 한답니다
반듯하게 걸어왔던 날만 있었다는 듯이

앉은뱅이 금잔화
민들레를 갈아엎고
플라타너스를 갈아엎고
발에 걸리는 것들 차례대로
요란한 소리 내며
불도저가 갈아엎고 있습니다

바람에 흔들리며 버티던 시간
돌아갈 곳을 잃어버린 시선

구겨진 시간
그림자 머물던 모퉁이
이제 빳빳하게 날을 세워
앞만 보고 나아갈 뿐입니다
단지, 그뿐입니다

시 버무리

재료 : 싱거운 시 한 움큼, 형용사 1작은술, 봄 햇살 3컵, 깨소금 동사 2큰술   갈팡질팡 당신의 마음 1/2작은술

쓰다 보면 싱거워지는 시가 있어

그럴 적엔 망설이지 말고 봄 햇살로 버무린 형용사를 조금 넣어 주시고요 자신도 모르게 자주 쓰는 부사를 고명으로 얹게 조신하게 채 썰어 한 쪽 옆에 놔둔 다음 가끔 감칠맛 나게 깨소금 동사를 섞어주는 것도 잊지 마세요 만성불량인 조사는 체로 곱게 걸러주세요

삶이 비포장 길이라 갈팡질팡 어수선한 당신 마음 마디마디 그늘진 기억 죄다 끄집어내어 그 쓴 맛이 잘 어우러지게 싱싱한 토속어 넣고 잘 버무려주세요

그래도 시가 맛이 없다면 어쩌겠어요? 온갖 사람 입맛에 맞게 버무리며 사는 일 어디 쉽던가요?

월정리 연가

'일가족 몰살'을 외치며
그들이 뭉쳤다
빈 소주병이 늘어갈수록
불콰해지는 얼굴로
'한 놈도 남기지 말자' 다짐하던
그들은 비장했다

주머니를 아낌없이 털어
무기를 사들이고
완전범죄를 그리며
야망을 펼쳤다

밀물이 들자
기다리다 지친 해는
핏발선 눈으로 시간을 알리는데

어릴 적
보들락* 수없이 낚았다는 호언장담도
파도에 휩쓸려 사라지고

무기인 갯지렁이마저
비닐봉지를 탈출해 유유히 사라져 버리자

거사에 실패한 그들은
우정을 소주잔 삼아
월정리 바다를 다 부어 마셨다지

*보들락 : 배도라치의 제주어

산세베리아

언제 이곳을 떠나
봄이 스며드는 창가에서
느릿한 졸음을 맛보려나

거실 한구석 붙박이 신세
다리 정맥은 나날이
푸르게 야위어만 가는데

바람에 흔들리며 속살 내보이고
하얀 꽃대 내밀어
당신을 부르고 싶은데
슬픔만 새순을 틔우네

청춘

병원에 입원한 이모
어머니 모시고 문안 갔더니
막내 여동생인 어머니에게
올해 몇 살이냐고
이모가 묻습니다

"일흔마씸"
"청춘인 게, 청춘"

물기 머금어 파릇한 단어에
병실에서 시들고 있던 꽃들이
화들짝 놀라 피어납니다

그러고 보니
새파란 이 나이에
못 할 일이
하나도 없습니다
당신이나
나나

수사반장

수사 일지 : 신용카드 분실

엊저녁 19시 아들이 바지를 사겠다며 신용카드를 달라고 했다 그녀는 신용카드를 소파에 놔두었고 게임에 빠져있던 아들은 카드를 보기는 했지만 챙기지는 않았다고 한다 가족들은 서로 모르는 일이라 하고 유력한 목격자인 소파마저 그 시간에 '야생의 땅 세렝게티'를 보느라 아무것도 모르겠다 오리발인데

먹잇감을 잡는데 몇 번의 실패를 반복하며 기다리고 기다리는 포식자 사자에겐 기다림이 힘이다
세렝게티에 삶의 법칙이 있듯이 아무나 쉽게 범인을 잡을 수는 없겠지

티브이 추리물을 빼놓지 않고 보는 그녀는 신용카드의 행적을 차근차근 떠올리며 수사를 시작해 11월 3일 19시 이후부터 다음날 16시까지의 행적을 역추적하기로 했다

그날 그녀는 드라마 '뿌리 깊은 나무'를 시청하고 잠이 들었다 다음날 잠이 깬 후에는 건기가 오기 전 누떼가 먼 곳으로 이동한 듯 적막하기만 한 세렝게티 평원의 아침 커피를 마시며 가족들의 묘한 행동들을 곰곰이 되짚어보았다

용의 선상에서 범인을 압축시키다가 요즘 부쩍 건망증이 심해진 자신 또한 수사 대상임을 알아차렸다

아차! 오늘 지금 이 상황, 혹시 범인은, 나?

제 2부 어머니의 바다

등 굽은 나무

앙상하게 가지만 남은 저 나무
고향집 지키는 내 어머니

싱싱한 잎 피우려고
무던히도 애썼던 지난날

그래도 그때가 좋았지
사람 사는 것 같아 좋았지

뿌리에 저당 잡힌 생
구부정한 그림자로 남아
시린 손 비빈다

아버지

여우비 스쳐 간 자리
서어나무 잎을 지붕 삼아
촘촘히 지은 거미줄

목수였던 아버지는
가난의 틈새를 시멘트로 메우고
못다 이룬 꿈을 벽돌에 새겨 놓았다
'너희는 나처럼 살지 마라'
그 말씀 타일처럼 강건하다

거미줄에 걸린 빗물
움칠 출렁이다 방울지면
그늘을 딛고 일어서던 아버지

무거운 연장을 허리에 차고 못질을 한다
결마다 스민 남루한 일상마저
눈부신 한낮이었네

보리암에서

봄비 참꽃 위로 떨어지는
삼월 초여드레
어느 세월에 다시 와보겠느냐
가파른 산길에 힘줄을 새기며
관세음보살품 펼쳐 들고
더듬거리며 읽는 칠순의 어머니

내 어릴 적
밥 뜸 들기를 기다리며
뜨거운 재로
함께 가나다라를 쓰곤 하시더니
나무관세음보살
그날 흙바닥에 깊이 새기시던 글자들
주름진 입가에서 되살아나
남해 금산을 보듬으며
어머니, 보리암에 깃드시네

외자 外子

당신을 만난 이후
이름들이 가진 속뜻이 궁금해졌다
한자로는 몇 획인지
풀이는 어찌 쓰는지

만삭의 어미가 친정으로 가는 도중
밖에서 낳았다고
외할아버지가 지어주신 이름 탓에
역마살이 꼈는지
제주까지 내려왔다는
그 이름

오늘도 성산일출봉 입구
바람속에 서서
목이 터져라 외친다
'감귤 초콜릿 사세요!'

탑돌이

가난을 벗어던지겠다고
드센 세상 파도에 몸을 실었던 어머니

땀에 절은 옹이 진 손
따스하게 잡아드리지도 못하고
회심곡 가락에 주름진 등짝도
쓰다듬어 드리지 못하고
떠나시는 마지막 길마저
지켜드리지 못한 채
이제사 나는
백팔염주 헤아리며 어머니를 부릅니다

노을 위로 자분자분
어두움이 젖어드는 시간
조천 앞바다 채낚시 어선도
어느새 집어등을 켜는데

보름달도 내 그림자 따라
탑돌이를 합니다

쥐며느리

겨울 내내 옷을 꼬옥 껴입고 푹 눌러 쓴 모자
당근밭에 쪼그려 앉아 누가 살짝 건들면
돌돌돌 말리는 쥐며느리 허리를 가진 그녀
비 내리는 오늘은 온 뼈들이 잠시나마 쉬는 날이다
한숨으로 점점 야위어 가는 깊은 밤만큼
머리맡에 쌓여가는 약 봉투
허리 한번 길게 펴고 싶은
소박한 바람조차 무색하게 돌돌돌 말리는 세월

사랑의 나이

지갑을 잃어버렸다고 친정어머니가 전화를 했는데 물 머금은 솜뭉치처럼 목소리가 젖어 있습니다 설에 올 손자들 맛난 음식 먹이고 싶어 장보러 가느라 잠시 집을 비웠다는데 지갑 안에 주민등록증보다 통장보다 더 소중한 게 들어 있다며 울먹입니다

시댁에서 설음식 준비하다 말고 부리나케 달려갔더니 다행히 지갑은 식육점에 있었습니다

지갑 속에 들어있었던 것은
낡은 사진 한 장
민방위 모자 쓰고 햇살 눈부신 듯
얼굴 찌푸리고 찍은 아버지 사진

어머니는 아버지를 땅에 묻은 게 아니었습니다
지금껏 지갑 속에 모시고 다닌 겁니다
저 나이가 되면
사랑도 나이가 들어
내 사랑도 저만큼 깊어질까요

어머니의 바다

구좌읍 평대리 갓머리
어머니의 바다

4·3으로 영혼마저 불타버린 지아비를 만나
녹슨 호미로 쉴 새 없이 흙 일구며
당신의 땀방울로 거름을 만들었다

딸 다섯은 무탈하게 잘 자랐고
아들 셋은 낳자마자 싹이 부러져
가슴에다 묻은 짜디짠 팔자

상복 입고 공기놀이하는 막내딸 안쓰러워
테왁 끌어안고 파도 같은 세월
숨비소리로 바다에다 풀었다

이제 다 커버린 내겐
생각만으로도 짠
어머니의 바다는 더욱 짜다

비자 열매

추석 지나고 오랜만에 찾은
비자림 산책길
간밤에 불어대던 바람에
와르르 떨어진 비자 열매
어느새 양손에 한 짐이다

대물림한 가난처럼 무서운 게 있을까
커가는 자식 생각에 새가슴 누르며
산지기 몰래 주워와 상인에게 팔던 당신

열매마다 알알이 스민 세월
그렁그렁 눈물 맺힌 얘기가
내 손안에 그득한데
지나가던 관광객이 묻는다
열매 좀 먹을 수 있느냐고

손을 환히 펼쳐 내보이는데
지금도 울먹울먹
두근거리는 심장소리

메밀묵

한밤중
눈꽃송이 내렸다
분분한 정 나누자며
꿈결에 아버지도 오셨다

평소에는 번거롭다고 외면하시더니
곱게 빻은 메밀가루
불 앞에 꼼짝 않고 지켜 서서
눌어붙지 않도록 한 방향으로 젓는다
어머니 손목에 꽉 들어찬 싱싱한 힘

구월 열이틀
제사 지내려 부산에서 온 언니 나이
어느덧 쉰 두 살

눈꽃송이 흐드러진 밤
'니네 어멍이 해주는 묵이 최고여'
찾아오신 아버지 나이도 쉰 두 살

연장들의 행방이 궁금하다

결혼하고 처음 간 친정 나들이
일을 조금 거들고 떠나려는데
하루 치 일당을 스윽 건네며 신발을 사라 한다

아버지 눈길 따라 머문 곳에
무엇 그리 바삐 살았다고
굽 닳아 해진 내 신발
잊지 말고 밥도 꼭 잘 먹으라 한다

망치처럼 단단한 말씀
톱 쓰는 소리처럼 가슴 아린 말씀
단풍으로 번지는 골 깊은 말씀들

목수였던 아버지는 죽어서야
허리에 찬 연장통을 내려놓았다

당신의 관은 누가 짰을까

생전에 당신은 진정 목수였네
저 세상 가는 이들을 위해
대팻날에 걸림이 없을 때까지
나뭇결을 어루만지고 만지며
평소에 알고 지내던 이들 고생만 했으니
죽어서는 편히 쉬라고
아득한 집에다 알뜰한 마음을 넣는 것도
잊지 않았네

사람 살기엔 비좁으나 향이 그윽한 집을 지으며
먼저 떠나는 이들 안쓰러워 내뿜는 담배 연기엔
진액으로 묻어나는 아픔이 있었네
산 자들의 집보다 더 눈길 주고
당신의 닳아지는 지문에도 하염없이 다듬었을

세월이 흐른 지금 궁금하다
당신의 집은 아늑한지요?

까마귀베개

힘들면 언제든지
머릿속에 든 것 다 내려놓으라고
붙여준 이름일까

숲에서 문득 만났다
나무에 이름표를 달지 않았다면
모르고 지나쳤을 텐데
문득 떠오르는 어린 날 기억
아버지 팔베개

한여름이면
나뭇잎에 닿아 반짝이던 햇살이
밤이면 은하수를 따라 꿈결로 흐르던
달디 단 한때

어떤 진도아리랑

고향 떠나 제주 땅 동복리에 둥지를 틀었지만 무자년 힘든 시절 부부는 총을 맞고 죽고 말았다 가난을 벗어보겠다고 안간힘 쓴 것밖에는 죄가 없는데
부부가 총에 맞아 쓰러지자 그 품에 안겨 있다가 가까스로 살아난 어린 아들은 뿌리를 찾아 제주를 떠나고 싶어 했다
가슴에 박혀 있던 그리움의 고유명사 진도, 남루한 일상 쳇바퀴 도느라 어린 아들의 꿈은 죽는 날까지 이루어지지 못했다

아버지의 아버지 고향, 진도에 와서 옛집을 더듬는다 아버지 마음 헤아리며 바다에 소주를 붓는다
당신이 눈 감고 부르던 진도아리랑 계면조로 느릿느릿 산골짝에 스며드는데 소리는 울대에 걸려 맴돌고 눈물이 바다를 메운다

돌담

물질 잘하고 바지런했던 이모는 나눠주기를 좋아해 바다에서 잡은 문어나 소라를 어촌계에 다 넘기지 않고 조금씩 챙겨 와 아버지 소주 안주라며 건네주었다 돌담을 사이에 두고 양념 통도 왔다 갔다 하루 일기도 왔다 갔다

돌담 틈 사이로 바람만 자유로이 다녀 간 건 아니었다 돌담 틈 사이로 시간만 마냥 흘러간 건 아니었다

술만 마시면 눈물을 짜내던 아버지와 노름이라면 온 동네가 알아주던 이모부

하루도 쉬지 않고 일해도 늘어만 가는 빚에 하루가 다르게 커가는 자식들을 보며 어머니와 이모는 돌담 사이로 한숨도 걱정거리도 나누며 살았다

이모가 암으로 세상 떠난 뒤에도 어머니는 돌담을 곁에 두고 산다 돌담 너머 지금도 이모가 살고 있기라도 하는 듯이

늙은 집

제주도 제주시 구좌읍 평대리 169번지
집주인보다 나라 땅이 더 넓은 집
모래 동산을 엎고
그 모래로 벽돌 만들어
우리 가족이 땀으로 지어올린 집
막냇동생이 태어나 아버지가 탯줄을 끊자
또 딸이냐며 어머니가 한동안 젖을 물리지 않던 집
우리가 고사리 손으로 메밀수제비 만들어
몸 푼 어머니에게 드리던 집

마당 한쪽에서 꽃들이 앞 다퉈 피고
다섯 아이가 키 재기를 하던 비자나무엔
열매가 다글다글 열려
웃음도 눈물도 다 품어주던 집
이모부가 하얀 천을 들고 돌담에 올라가
아버지 부재를 새벽하늘에 고하던
그 기억마저 고스란히 간직한 채
늙어 가고 있는 우리 집
지금은 어머니만큼 늙은 집

주민등록증

밤마다 가위에 눌렸다
버스에 두고 왔는지
은행에 두고 왔는지

어디서 헤매고 있는 걸까
몰래 감춰놓은 나의 분신

등고선에 스민 산들의 이력서에도
계곡의 깊이며
바람의 무게며
햇볕의 따스함과
사랑했던 사람의 입김이
지문으로 빼곡하게 기록되어 있는 걸까

기억은
애써 잊고자 했던 일들을
새겨놓는 일
폐병으로 돌아가신 외할머니 죽음이며
초경을 치르고 가슴 졸였던 일이며

긴 겨울밤 가난보다 더 비참했던 추위도
엄지손가락에 깨알로 새겨 놓았는데
어디서 헤매고 있는 걸까
나의 분신은

봉황의 뜻

"고 씨 집안 며느리가 되려면 고스톱은 기본이
야" 신혼 초에 남편에게 전수를 받았지요

점당 10원 내기, 흔들고 쓰리고에 광박 피박 멍
따를 외치며 요보록소보록 생활비를 뜯어가며 솔
담배로 허공에 도넛츠를 만들던 남편이 얼마나 얄
밉던지

맞고만 치다 시부모님과 고스톱을 치게 된 날
주문을 걸었지요 패가 안 좋으면 죽으리라 그러다
가 광이 오면 광만 팔고 죽으리라 행여 쌍피가 오
면 쌍피는 팔고 죽으리라 고도리 청단 홍단에 똑
같은 그림 석 장 오면 흔들어 팔고 죽는 것 잊지 않
고 죽으리라

일진이 사나운 듯 시어머니 지갑에서 술술 나
오는 돈이 아까워 급하게 거든다는 것이 "어머
님! 똥 먹어야 피박 면해요"

고스톱만 치게 되면 귀신에 씌었는지 봉황을
하고 있는 화투만 보면 무심코 내뱉는 말 "똥 먹

어야 피막 면해요"

　요즘도 환청처럼 들린다 낙장불입, 낙장불입,
낙장불입……

솟대의 꿈

더 늙기 전에 한 번만이라도
고향에 다녀오고 싶다던 염원이
야문 손끝에서 익어
마른 대나무 가지 위에 고스란히 얹혀졌다

생채기가 돋을새김으로 되살아나
자작나무 가지 끝에서 은밀히
하늘의 맥을 짚는다

무자년에 잃어버린 마을
그곳에 가서
지나온 흔적을 더듬어 볼 수 있다면

대나무 서걱이는 소리
눈 감고 듣기만 해도
먼 옛일이 징검다리 딛고 건너와
초가집 지붕마다 밥 짓는 연기 어른거리고
어머니가 부르는 소리 들릴 듯한데

이젠 너무 늙어버린 걸까
후미진 방 한 귀퉁이에서
숨죽이고 있던 새
힘겹게 날개를 펼쳐 보인다

가파도

모슬포 항에서 뱃길로 이십 분
살갗에 소금기 배어들 무렵이면
나타나는 가파도

종일 일하고 품삯으로 받은
외할머니 보리 한 됫박 얘기를
파도가 지금도 조곤조곤 들려주는 곳

뿌리 내리려고 안간힘을 써보지만
뱃멀미로 흔들리며
몸살 앓는 섬
가파도

3부 빗방울 부호

월정리 포구

상현달 뜨는 밤
달빛 고운 마을
월정리 포구

풍차는 뭍으로만 길을 열고
낚싯배는 달빛에 기대어
비릿한 기억을 물결에 드리운다

아픔에 절여진 한 때
등대는 뜬 눈으로 깜빡이며
자맥질 하던 꿈들이 다가오면
다시 바다로 떠밀어 보낸다

흔들리는 마음들이 포구에 모여
젖은 채 서로를 껴안고 있다

선흘 동백

여태 떠나지 못한 채
울고만 있습니까
붉디붉은 사연 하나

마음 둘 데 없어
동백동산에 그리움 걸어
열두 폭 치맛자락으로 펼쳐 놓았나요

아직도 당신은
불타는 노을로 머물러 있네요

그리운 날

햇살을 맞으러 숲으로 가네
맨발로 걸으며 발걸음 내딛을 때마다
나를 비우고
부드러운 흙이 건네는 말에 귀 기울이네

나무가 전하는 말에 마음 열어
새로 채워지는 것에게 고마워하네
유채꽃 금잔화 어린 꽃잎이
내 안에서도 피고 지네

장 담그기

마당 너른 집에 옹기 항아리 들이고
햇살도 한 바가지
바람도 한 무더기
그늘도 틈틈이 청한 후에
밤하늘 별빛도 담아 넣고
숯에다 말린 고추 집어넣어야 제격인데

남쪽으로 난 아파트 베란다에서
장을 담그기로 했다
소금물과 메주가 허물어져 한 몸이 되는 동안
제라늄도 궁금한지
꽃을 피워대며 기웃거리고
내일이면 입춘이라며
항아리 속에서 소금물과 메주가 열애 중이다

시집의 비밀

짜릿한 비밀을 갖고 태어났지만
굳이 내세워 자랑하지는 않았다

편견과 맞서 술자리 가십거리로 전락할까 두려워
쌍가마라고 밝힐 이유는 더더욱 없었다

남들은 제 짝을 못 만나 마음속에 낙엽 떨구지만
달밤에 임 마중이 어디 그리 쉬운가

한 번은 이 남자하고 그럭저럭
두 번째는 눈빛만 마주쳐도 가슴이 콩닥거리는
그런 시집

그런데
어떤 시집?
두 번의 시집?
두 권의 시집?

예덕나무

너에게로만 흐르던 시간이 있었다
여름날 평상에 누우면
너른 잎 사이 구름이 흐르고
순한 바람 소리에
새소리 나직이 숲을 에워싸

머뭇거리던 마음
봉인 풀려
숲 그늘 속에 스며들어
함께 머물던 자리

세월에 밀려 잊었다 해도
예덕나무 잎사귀만 펼치면
그리움으로 번지는
식지 않는 마음 하나

초대

짐을 꾸려 자와타네호로 떠날 거야
레드가 앤디 듀프레인을 찾아
국경을 넘을 때
버스 안을 메운 건 내일이었어

통장 잔액이 달랑거리는 오늘은
바다에 버릴 거야
토란잎 위에서 구르기만 하는
물방울의 질긴 습성이
발목을 잡기 전에 떠날 거야
떠나고 말 거야

기억이 멈춘다는 그곳에서
어릴 적 꿈과
잃어버린 별자리를 찾아 헤매야지

당신, 같이 가지 않을래?

*레드와 앤디 듀프레인 : 영화 "쇼생크 탈출" 주인공

수국꽃 편지

미뤄두었던 편지를 쓴다는 건
달뜨는 심장 소리를
오랜만에 듣는 일이다

장마철이면 저마다
작은 우산을 펼쳐드는 수국꽃
전서체로 안부를 묻는다

물빛 젖어든 푸른 꽃잎 사이
그립다 그립다는 말
물방울마다 조심스레 담아
왼손 맥박을 짚어가며
소식 전한다

차를 마시며

흐르는 구름 조각
찻잔에다 띄우고 마십니다

체한 마음 한 자락 잘근잘근 씹으며
목으로 넘어가는 찻물 따라
속수무책 독한 세월
구름 흩어지듯 녹아내립니다

달맞이꽃 남 몰래 피는 사연
그렇게 그대 잊으려
세월 흐르듯 찻물을 마십니다

봄비

피아니시모
피아니시모로 내리다가
풀잎에 아슬아슬
매달렸다

빗금 사이로 들리는
여린 목소리
봄 꽃망울 터진다

평대초등학교 6-1
– 먼저 별이 되어버린 친구에게

"몰랐지? 내 첫사랑이 너였어"
초등학교 때 전교회장이었던
그 애가 한 말
꼭 보고 싶으니 동창회에 나오라는 당부
잊지 않고 전화를 끊었던 게
몇 해 전 바로 이맘 때였는데

설레는 마음으로
처음 얼굴 내밀었던 동창회
그 애는 "너는 내 첫사랑이야"라고 했었지
참석한 모든 여자 동창에게

'전체 차렷', '열중쉬어', '뒤로 돌아'
또렷한 음성
운동장에 모인 전교생 귀에 쟁쟁했는데
오랜만에 들른 모교 운동장
뜬금없는 첫사랑의 기억

빗방울 부호

얼굴 환히 밝히던
벗나무 눈부신 시간이 끝났다

빗방울 떨어지자
꽃잎 젖고 우듬지도 젖고
속살까지 젖어드는 오후 두 시

유리창을 점령한 빗방울이
주먹을 쥐고 묻는다
똑, 똑, 똑
빗속을 함께 걸을 사람 없나요

똑, 똑, 똑
길가에 피어있는 꽃 함께 바라볼 사람 없나요
똑, 똑, 똑
없나요?
없구나!
없어……

가시리*

멸치 한 줌 넣고 된장 슴슴하게 풀어
바르르 끓는 물에 가시리를 넣는다
짭조름한 맛에 입안에 맴도는 타령

가시리 가시리잇고
바리고 가시리잇고

다문다문 그리운 사람
그리운 마음 가득 밀려와
바다로 향하는 길에
그 이름 풀어놓는다

서글픈 가시리
목울대에 걸려 맴돌기만 하는데

*가시리 : 가사리의 제주어

바람과 함께 사라지다

'엄마는 외계인' '사랑에 빠진 딸기'에 '바람과 함께 사라지다'도 있다

블루베리가 혀끝에서 맴돌며 짧은 치맛자락 부풀리게 하고, 붉게 칠한 립스틱이 조명 아래서 번져나가는 바로 이 맛

스칼렛을 껴안은 레트 버틀러만큼 섹시한 아이스크림 전문점이 우리 동네에 생겼다 젊은 연인들이 창가에 앉아 '자기야' 사랑을 듬뿍 담아 서로에게 스푼을 건네면, 뜨거운 관능의 바람이 아이스크림을 녹이고, 고단한 일상이 바람과 함께 사라지기라도 한다는 듯이

온몸을 건조체로 무장한 나의 남자 그를 위해 오늘 밤 아이스크림으로 포장해 그동안 노고를 위로하며 녹아내리고 싶다, 그러면서 나도 한마디

'내일은 내일의 태양이 뜰 거야'

점순이

반공일이면 학교에서 돌아오자마자 망탱이를 짊어지고 산으로 솔잎 걷으러 갔었는데 먹을 게 귀하던 시절 빨갛게 익다 지쳐버린 찔레꽃 열매나 멩게 낭 열매를 알사탕처럼 입안에 넣고 굴리곤 했다 그러다 보면 솔잎이 있는 당생이모루에 이르곤 했는데

군데군데 녹지 않은 눈이 더러 남아 있어서 벙어리장갑 속으로 들어오는 바람 막느라 조막만한 손을 호호 불곤 했다

빈 망탱이로 가면 어머니 잔소리 들을 게 뻔한데 가져갈 만 한 솔잎들이 보이지 않을 때면 우리는 먼저 도착한 점순이가 애써 긁어놓은 솔잎을 너도 한 줌, 나도 한 줌 뺏어 챙기곤 했다

그럴 때면 마음 좋은 점순이는 언제나 "하지마, 하지 마"라고만 할 뿐

어머니가 지나가는 말로 점순이가 아비 모르는 아이를 낳다가 머리가 더 이상해져 요양원에 들어갔다고 한다 요양원이 들어선 곳이 하필이면 솔잎이 귀하디귀했던 당생이모루라니

그 남자

엘리베이터 안에서 가끔 만나는
위층 남자
오늘은 몰디브로 떠나는지
머리부터 발끝까지 벌써
풍겨오는 바다 냄새

노을에 물든 야자수가
달력에 날짜마저 점지해주고
백사장에 잇닿은 방갈로와
태양 빛에 그을린 싱싱한 사내들이
넘쳐나는 해변

콩닥거리는 가슴 애써 누르는데
엘리베이터 문이 열리자
위층 남자
밀물이 빠져나가듯
몰디브 바다를 순식간에 지운다

우도牛島

바다를 떠나 본 사람은 안다

내내 살아도 낯설기만 한 도시

머리맡을 남쪽으로 두고

가슴에 출렁이는 섬을 끌어안고 살아야

잠도 무서리로 내리고

숨비소리도 고르게 젖는다는 걸

바다를 떠나 본 사람만이 안다

녹슨 기억

삼십 년 만에 만나 옛 얘기를 들추다가
그대는 자꾸 스무 살 때
겨울밤 해수욕장 모래알을 끄집어낸다
밤바람이 매서웠는데도 아랑곳 않고
코트 깃 여미며 분위기에 죽고 살았다며

나는
그 여자가 나인 것도 같고
아닌 것도 같고
그대와 함께 모래밭을 걸었던 것도 같고
아닌 것도 같고
손을 꼬옥 잡은 이가
그대인 듯도 싶고 아닌 듯도 싶고

기억은 이미
녹 슬어 삐걱거리는데
그대와 마주앉은 내 두 발은
함덕 그 고운 모래밭에 빠져
길을 헤매고 있다

4부 동백꽃 인사

오늘

긴 잠에서 깨어나
쓴 나무 즙을 마시고
축축한 몸뚱이 열어젖히며
매미가 운다

오늘이라는
단 하루에
한 생을 걸고 사는
매미

동백꽃 인사

새 아파트에 입주했다고
현관 입구 자투리땅에
어린 딸 둘과
묘목을 심던 507호 연주 엄마

나무에 물 주느라
아이들도 분홍빛 물 조리개 들고
계단을 열심히 오르내리더니

연주 아빠가 작업하다 손가락이 잘리자
고향에 내려간다 마지막 인사하고 떠난 후
지금껏 소식이 없는데

그 어린 나무
꿋꿋하게 자라 엄동설한에 꽃을 피웠다
연주 엄마 닮은
연주 닮은
붉고 환한 동백

상처를 꿰매다

한 평 남짓 컨테이너 안
휑한 앞니 내보이는
구두 종합병원 장씨 아저씨
저마다의 아픔으로 널브러진 신발들
닳은 신발 굽에 걸어온 이력이 다양하다
봄날 어여쁜 여자 품에서
지르박을 추었을 저 날렵한 백구두
초상집에서 모두의 발이 되어 주느라
피로에 절여진 저 단화도
다시금 땀방울이 맺히도록 뛰고 싶은 게다
희망의 실로 단단하게
상처를 꿰매고 있는 장씨 아저씨
닳아진 굽들이 제 자리를 찾는 날
우두둑, 관절의 봄날도 일어서겠다

풍차

유채꽃 지고
메꽃도 피었다 진 행원리 해안도로
바람이 불자 풍차가 돌아간다

어둠 속에 고단한 삶을
슬쩍 숨기고 싶은 날이면
후미진 골목길
동문시장 순대 국밥집을 찾는다

이 빠진 사발에 막막한 일상을 들이붓고
사내는 젓가락으로 휘휘 세상을 저어본다

막노동 인생
등 시린 가장들이 모여앉아 나누는
말과 말들
불빛 아래 따스하게 맴돌며
밤은 새벽을 향해 돌고 또 돈다

사월, 엉겅퀴꽃

'어디라도 좋으니
잠시 아주 잠시 눈감고
귀 기울여주세요'

탄성을 지르며 누르는 카메라 셔터에
유채꽃 환히 피어나는 사월인데
바닷물에도 젖지 않고
바람에도 사라지지 않는 말들이
제주사람들 가슴 속에서 출렁이고 있다

'그대가 디딘 땅, 지나쳐온 돌담
얼굴 스치며 지나간 바람에도
아물지 않은 상처
그 여린 조각이 스며들어 있으니
사월이면 제주는 늘
눈물이 젖어있다는 것을 기억해주세요'

다랑쉬오름 굼부리에서 피어난
보랏빛 엉겅퀴꽃
그날을 잊지 말라며 가시 내민다

초분

그 섬을 제일 먼저 만난 것은
완도 대합실
벽면을 가득 메운 홍보 사진이
전생처럼 아득하다

봄이 안부를 묻기도 전에 당도한 그곳
먼저 만난 것은
풀로 지은 집
그 안에 자리 잡은 관
그리운 이
끝내 못 보고 객사한 당신

마을 어귀에서 고향 집을 바라보며
아리 아리랑 쓰리 쓰리랑 아라리가 났네
푸르게 멍든 진도 아리랑
한 줌 흙이 되어야 그리움도 썩는다

구부야 구부구부가 눈물이로구나
짠 바닷물처럼

속수무책

사흘의 추위와 나흘의 따스함
온몸이 먼저 알아
내일을 챙기던 시절이 있었네

산이 마당으로 들어서면
뒷날은 비가 내리고
눈이 많이 내리면 풍년이라며
보리가 푸르게 젊음을 저장하던 나날

지금은 계절이 어디로 갔는지
무디어진 세상 탓인지
연이은 한파에
때 아닌 폭설

사람들 마음도 홍수이거나
가뭄 들어
발만 동동 구르네

금 긋기

어릴 적 내 짝꿍은
책상 한가운데 줄을 긋고
'절대 넘어오면 안돼!'

금에 손이 닿는 순간
아버지가 정성스레 깎아준 새 연필도 빼앗기고
지우개며 칼도 아차, 하는 순간
짝꿍 필통 속으로 들어가 버리면 그만이었는데

시청 영화관 뒷골목에서
오랜만에 만난 친구들이
강정해군기지 얘기를 나누다가
탁자 한가운데 금을 긋고
언성을 높인다

너도 나도 또다시
금을 긋고
반쪽 세상만 바라보고 있다

빨래

햇볕 좋은 날
흰 와이셔츠, 먼지 가득한 티셔츠에 양말
힘주어 손으로 주물거린다
피어오르는 거품 사이로
빨랫감들이 말을 한다

'예측할 수 없는 내일을 위해
더 많은 공기방울로 태어날 거야'

힘들었던 시간은 손으로 비비고
뽑아내기 어려운 불만은 발로 밟고
앙금이 있다면 그것마저 꼭 짜내어야지

색깔 옷은 더 선명하게
하얀 옷은 더 하얗게
눅눅했던 하루가
빨랫줄에서 뽀송뽀송 말라 간다

이런!

가게 전화번호를 땄어
끝자리 번호가 1818
정성스레 하나 팔고 또
하나 팔겠다는 심사였는데

즉석구이 김을 사가며
너도나도 씨팔씨팔
기억하기 쉬워
입안에서 종일 맴도나 봐 씨팔씨팔
내 시가 더위를 먹었나 씨팔씨팔
수능 봐야 할 아들이 PC방에 가 있다니
욕이 절로 나와 씨팔씨팔

욕을 산더미로 먹은 김이
식탁 위에서 여전히 고소하다니
씨팔씨팔
이런!

민들레 할머니

마당이 환히 내다보이는 요양원에
홀씨로 남은
민들레 할머니

면회 오는 자식들에게 물어봅니다
양애랑 부추가 잘 자라고 있는지……

구름은 꽃향기에 취했다 가고
고랑 사이로 민들레도 다보록이 피고
노랑나비는 숨바꼭질 하느라 날개 접는데

텃밭에 앉아
후박나무 사이로 날아다니는 새들을 보며
쪽파 뿌리 심고 씨앗 뿌리는 날
손꼽아 기다리는 것을
할머니는 지금도
포기할 수가 없습니다

돌산 갓김치

할머니가 향일암을 향해 숨을 헐떡이며 오르고 있다 이른 아침인데도 드문드문 열려 있는 가게들, 금방 빻은 빠알간 고춧가루에 곰삭은 젓국으로 버무려진 갓김치 냄새, 알싸하다 절로 입안에 침이 고인다 주인이 건네주는 갓김치 얼른 입안에 넣고 할머니가 염불을 한다

얼른 올라가 부처님께 삼배를 허야 쓸 것인디 불타버린 대웅전 불사에 보시도 쪼깐 허고 아따 겁나게 맛난 거 이놈의 돌산 갓김치가 발목을 잡네 워메 맛난 거 어째야 쓰까 올라는 가야 헐 것인디 온갖 비바람 맞으면서도 앞가림은 하고 살아왔는데……

목구멍으로 갓김치 바삐 넘기며 할머니는 대웅전을 향해 잰걸음 옮긴다 오늘따라 아침 해가더 붉다

별을 헤며

설익은 말이 내게로 다가와
당매자나무 가시로 자리 잡은 날
문틈으로 스며드는 바람이 차갑다

손끝 발끝 응어리 사혈로 꽃피워내듯
누가 내 말 속에 박힌 가시 빼내어
떠나간 이가 마음 풀고
돌아올 수 있으면 좋겠네

말이 지나간 뒤
상처로 돋아나기보다
들꽃으로 피어나
온기 가득해지면 좋겠네

밤하늘 올려다보며
내뱉는 말이 둥글둥글해지라며
입을 오므려 별을 세어보네

음력 정월

늙은 문어를 푹 삶아
손으로 가늘게 찢어야 해
꼭 늙은 문어라야만 해
정월 문어라야 약발이 선다나 어쩐다나

살아온 이력이 단단해
뭉쳐진 힘줄이 다 풀어지게
오래오래 삶고 볼 일

대추도 푹 삶아 씨를 발라내고
인삼은 방망이로 살살 두들겨
대추 삶은 물에 온갖 재료를 섞어
바르르 끓여 놓고 수시로 데워 먹이면
골골거리는 남자에게 만병통치라는데

그래서 정월이 되면
우리 집 남정네들은 문어가 되어
새로운 한 해의 바다를
힘차게 헤엄쳐 나간다네

오후 안부

건강원을 하는 친구네 가게 앞
몇 장 안 남은 플라타너스 잎
눈으로 부여잡고 커피를 마시다가
문득 떠오르는 학창시절 기억

머루포도 향내가 나던 노총각 국어 선생님
등굣길 버스 안에서 마주치던 남학생
그땐 꿈도 달콤했었는데
사랑만 있으면 된다던 친구는 지금
그놈의 사랑 때문에
발바닥에 물집을 껴안고 산다

한때는
아나운서, 선생님, 스튜어디스를 꿈꾸던 우리
발악을 하며 눈물도 동이로 흘려보냈는데
학창시절 꾸었던 꿈은 다 어디로 간 걸까
잘 달여진 진한 양파 즙처럼
세월 앞에 진득해지는 오후 한때

영광의 상처

해양경찰 부부동반 선후배 모임 있던 날
서로 안부 물으며 소주 몇 잔 주고받더니
파스의 종류와 효능을 입증하며
설명을 늘어놓는 실력이
제약회사 직원 수준이다

불법 중국어선을 잡으러 배에 올랐다가
삽으로 두들겨 맞아 생긴 멍 자국
가족이 걱정할까봐 온 몸에 파스를 바르고
근근이 버틴 이야기도
삼겹살 위에 얹어져 노릇노릇 익는다

망망대해에서 무슨 일이 있었는지
마누라는 통장에 입금된 봉급으로
파도의 높이를 어림잡을 뿐인데
바다 사나이 마음 깊이 밴 파스 냄새
이렇게 눅진하게 배어나와
내 마음에 파도로 칠 줄이야

신 별주부전

외할아버지의 재력, 엄마의 정보 능력, 아빠의
무관심으로 서울에 있는 명문대에 보낸다는 이 시
대에 나는야, 슈퍼우먼 명문대를 꿈꾸는 아이를
위해 아침부터 저녁 늦게까지 못하는 일이 없지

엄마라는 단어에 실린 모든 활용 능력을 총가
동해 언제나 어디서나 부르기만 하면 나타나 무엇
이든 도와주는 만화 속 짱가는 나의 멘토

우아하게 요술공주 세리를 외치던 시절은 옛날
이야 알람음 소리 한 음절이면 자동으로 일어나
무엇이든 할 수 있다고 자신에게 주문을 외는 나
는 고3 수험생 엄마

인상 쓰는 아이를 어르고 달래어 깨우고는 밥
한술 떠주고 조심스레 아침 인사를 건네 보지만
묵언 수행 중인지 아이는 말이 없고 잔소리가 시
험을 망칠까 학교 정문 앞에 내려주며 늘 하던 주
문을 거네

'엄마가 사랑하는 거 알지?'

아이는 아무 말 없이 걸어가고 그 뒷모습을 보며
오늘도 간 쓸개 집에 놓고 나와 참 다행이다 싶네

관통貫通

한의원에 통풍을 치료하러 온
평대초등학교 6학년 때 담임선생님

선생님을 알아보는 순간
가슴이 먹먹해 와락 안아드렸다
선생님 키가 이리도 작았나

원장님이 선생님께 장침을 놓아주셨다
용비어천가를 외워오지 않았다며
운동장을 한 시간
토끼걸음으로 걷게 한 선생님

서른다섯 해나 된 기억이
장침으로
나를 꿰뚫었다

진짜 시

　　대한민국 해군 원사인 이 분에게는 미소를 잃
지 않는 아내와 아이들이 셋 있습니다
　　정신지체 1급인 큰딸이 태어난 것도 그저 감
사해하며 살아가는데
　　이 아저씨 가계에 보탬이 되길 바라며 휴일마다
아무도 몰래 아르바이트 막일을 가끔 했다는데
　　며칠 전 인력 사무실에 갔더니 바로 뽑혀 봉고
차 뒷좌석에 앉아 잠을 청했다는데
　　전날 사병들과 마신 술이 덜 깨어 얼큰한 해장
국 생각뿐이었다는데
　　행선지를 얼핏 듣는 순간 술이 확 깨더랍니다 막
일하러 가는 곳이 이 아저씨 근무하는 부대라니!
　　다급해진 아저씨 이유 묻지 말고 차에서 내려
달라 부탁했답니다 비 내리는 거리에 내려 주머
니를 뒤져보니 돌아갈 차비도 없었다는데

아낌없이

언제쯤
내게 자리를 내어주려나

장생의 숲
둥근 나무 의자엔
때론 바람이 앉아 있고
어느 날엔 낙엽이 쓸쓸히 앉아 쉬고 있다
오늘도 이미 때죽나무 꽃송이들이
자리를 차지하고 있다

한 번쯤은 나도 저 의자에 앉아
뿌리 깊은 생각을 부려놓고 싶은데

돌아오는 길에 문득 알았다
저 의자를 지날 때 이미
내 곤한 생각이 앉아 있곤 했다는 것을
이미 내게 자리를 내주고 있었다는 것을

찜질방에서

1.

풍란에 물을 주다가
돌을 친친 감은 발에
다육식물이 자라고 있는 걸 보았다
옆에 있는 화분에서
잎 한 장 떨어져 홀로 시작된 타향살이

아직은 서로 낯설어 풍란이나 돌이나
곁을 내주지 않으려 침묵으로 일관하고
다육식물은 낯선 풍경에 마음 졸이며
떨어져 나온 자신의 흔적을 그리는데

2.

찜질방 사장님을 엄마라고 부르는 그녀는 티
베트에서 왔단다
둘러앉은 아줌마들이 남편 직업을 묻자
'양파 달여요, 포도 달여요'
발음이 서툰데도 한국말 잘한다고 참 예쁘다
고 오지랖 넓은 아줌마들 칭찬을 아끼지 않는다

부모님 보고 싶지 않아?
문득 던진 질문에
스무 살 그녀가
얼굴을 무릎에 깊이 묻는다

제 모습을 찾아가는 여정 속의 사랑

오한욱(시인. 제주관광대학교 교수)

1. 목수와 연장

몇해 전 백담사에서 열린 만해축전 세미나에 참석한 김종길 시인은 영어 'identity'를 우리말로 '정체/정체성'이라는 모호한 표현으로 말하는데 '제 모습'이라는 우리말로 바꿔야 한다고 했다. 자기 본래의 모습인 제 모습이 단어의 본뜻에 더 어울린다는 주장이다. 이를 참모습으로 말해도 좋을 듯하다. 제 모습이든 참모습이든 본래의 성질과 모양을 말한다.

그렇다면 우리 곧 자아의 참모습은 무엇일까. 그것은 아마 문인이 많이 애용하는 글의 주제이기도 하며 명상을 하는 사람들이 곧잘 말하는 명상의 목적어일 것이다. 사람이 사람 노릇을 하면서 살기가 참 어렵다. 혼자도 어려운데 가정을 이끌어가는 가장의 경우는 어떨까. 아버지는 자식을 낳아주는 창조자인 동시에 자식에게 '아버지 노릇'을 하는 사람이다.

여우비 스쳐 간 자리

서어나무 잎을 지붕 삼아

촘촘히 지은 거미줄

목수였던 아버지는

가난의 틈새를 시멘트로 메우고

못다 이룬 꿈을 벽돌에 새겨 놓았다

'너희는 나처럼 살지 마라'

그 말씀 타일처럼 강건하다

거미줄에 걸린 빗물

움칠 출렁이다 방울지면

그늘을 딛고 일어서던 아버지

무거운 연장을 허리에 차고 못질을 한다

결마다 스민 남루한 일상마저

눈부신 한낮이었네

—「아버지」 전문

　한자로 아버지를 뜻하는 부父는 손을 뜻하는 우와 회초리를 말하는 곤의 합자란다. 글자 그대로 자식을 훈계하며 키우는 엄한 아버지라는 뜻이다. 목수로 먹고 살기가 힘든 시절, 아버지는 늘 가족을 풍족하게 부양하지 못해 미안하다. 곳간에서 인심이 난다고 위정자도 경제를 우선하여 정치를 하는데, 가족이 굶주린다면 아버지 노릇도 제대로 하지 못한 게다.

아버지라고 입으로 말할 때의 따스한 느낌과 달리, 현실에서의 아버지는 가난으로부터 가족을 구하는, 봄날의 햇살 같은 존재로서의 위치를 유지하기가 벅차다. 거미줄에서 방울로 응고되는 빗물은 아버지의 눈물일 것이니까. 어쨌든 가족이 바라보는 아버지는 구세주이자 영웅이다. 그늘을 딛고 일어나는 작은 거인이다. "남루했던 일상이/ 눈부신 한낮"처럼 가족에게 드리우는 햇살이다. 이런 가정에 돈 대신 사랑이 넘치는 것은 당연하지 않을까.

결혼하고 처음 간 친정 나들이
일을 조금 거들고 떠나려는데
하루 치 일당을 스윽 건네며 신발을 사라 한다

아버지 눈길 따라 머문 곳에
무엇 그리 바빠 살았다고
굽 닳아 해진 내 신발
잊지 말고 밥도 꼭 잘 먹으라 한다

망치처럼 단단한 말씀
톱 쓰는 소리처럼 가슴 아린 말씀

단풍으로 번지는 골 깊은 말씀들

목수였던 아버지는 죽어서야

허리에 찬 연장통을 내려놓았다

– 「연장들의 행방이 궁금하다」 전문

　소설가 최인호는 "돌아가신 아버지도 우리 형제들에게 자상한 아버지셨다. 형제 중에 누구든 잘못을 하면 서로 둘러앉아 서로서로의 얼굴에 키스를 하게 하는 서양식 교육 방법을 썼다"며 아버지를 회상했다.

　반면에 조선희의 아버지는 회초리 대신 눈길로 키운 듯하다. 결혼한 딸이 찾아오자 아버지의 눈길은 탐색을 시작한다. 얼굴부터 발끝까지 훑어보다 신발에 머문 눈길은 망치가 되고, 톱질이 되고 단풍으로 번진다. 자신보다 자식에게 쏠리는 눈길은 근심의 눈길에서 곧 격려의 눈길이 된다.

　에우리피데스의 말처럼 "늙어가는 아버지에게 딸 보다 귀한 게 없다". 결국 아버지의 연장통은 죽은 뒤에야 내려놓을 수밖에 없는 사랑이었다.

　부부간에도 깊은 사랑이 숨어 있었나 보다. "생각만으로도 짠/ 어머니의 바다" 「어머니의 바다」는 눈물만으로 가득한 고달픈 삶이 아니다. 그 중에는 남편의 사랑이 그윽이 깃들어 있다.

　"주민등록증보다 통장보다/ 더 소중한 게" 「사랑의 나이」

들어있는 지갑을 잃어버리고 당황하는 어머니의 모습 속에 시인도 저 나이가 되면 내 사랑도 저리 깊을 수 있을까 반문해본다. 지갑 속에는 아버지의 낡은 사진이 들어 있었다.

한밤중
눈꽃송이 내렸다
분분한 정 나누자며
꿈결에 아버지도 오셨다

평소에는 번거롭다고 외면하시더니
곱게 빻은 메밀가루
불 앞에 꼼짝 않고 지켜 서서
눌어붙지 않도록 한 방향으로 젓는다
어머니 손목에 꽉 들어찬 싱싱한 힘

구월 열이틀
제사 지내려 부산에서 온 언니 나이
어느덧 쉰 두 살

눈꽃송이 흐드러진 밤
'니네 어멍이 해주는 묵이 최고여'
찾아오신 아버지 나이도 쉰 두 살

— 「메밀묵」 전문

아버지의 기일에 아버지가 평소 즐겨먹던 메밀묵을 만드는 어머니의 싱싱한 손길을 보라. 남편을 그리워하는 못 다 한 정이 많으니 아직도 손목에 힘이 솟는 게다. "니네 어멍이 해주는 묵" 대신 사실은 "니네 어멍의 사랑"이 최고였음을 새삼 강조해서 무엇하랴.

서로 마음을 나누고 나누어진 듯 합쳐진 조화로운 마음이 교감이다. 불교에서는 중생이 느끼는 감感과 부처님의 반응인 응應이 서로 통하는 것을 감응이라고 한다. 남편과 아내의 감과 느낌이 서로 통하고, 부모와 자식이 서로 감응해야 한다. 먼저 한쪽이 느껴야 한다. 그 느낌에 한쪽에서는 반응을, 곧 같이 느끼는 마음작용이 일어난다. 결국 감정에도 균형과 조화가 있어야 하고 상호간의 마음이 합쳐져야 하리. 우리가 말하는 사랑의 모습이 이렇지 않을까 생각해본다. 아버지-어머니-나로 이어진 사랑은 이제 이웃으로 이어진다.

2. 노동과 국밥

친구가 운영하는 건강원에 들려 커피를 마시며 낙엽을 보는 순간 떠오른 어린 시절. 노총각 선생, 버스에서 눈길만 마주쳤던 남학생, 이러저러한 모습의 친구들과 함께 꾸었던 꿈들이 지금은 모두 어떤 모습일까 궁금하게 된 나이에 들어선 시인. 친구들에게 물었던 안부는 이웃의 평범한 소시민의 안부로 연장된다.

유채꽃 지고
메꽃도 피었다 진 행원리 해안도로
바람이 불자 풍차가 돌아간다

어둠 속에 고단한 삶을
슬쩍 숨기고 싶은 날이면
후미진 골목길
동문시장 순대 국밥집을 찾는다

이 빠진 사발에 막막한 일상을 들이붓고
사내는 젓가락으로 휘휘 세상을 저어본다

막노동 인생
등 시린 가장들이 모여앉아 나누는
말과 말들
불빛 아래 따스하게 맴돌며
밤은 새벽을 향해 돌고 또 돈다

ㅡ「풍차」전문

다른 가정에도 아버지들이 있다. "등 시린 가장"들이 모여 순대 국밥을 먹는 밤은 고단한 삶을 슬쩍 숨겨주는 아량

이 넓은 밤이다. 그런 시린 밤에 노동자 아버지들이 손쉽게 할 수 있는 일은 일상을 들이붓고 "젓가락으로 세상을 휘휘" 지어보는 소심한 반항뿐이다. 그나마 따스한 밤이 있고 약간은 어둠속에서나 가능한 몸짓들이다. 육지의 밤이 이렇듯, 바다에서는 "치솟는 기름 값에 선주의 술주정에/ 갑판에 비린내도 말라붙어/ 갈매기만 쓸쓸하다"「흔들리면서」는 항구의 밤도 있다. 한때는 경기가 좋아 밤새 흥청대던 시절 좋은 때도 있었지만 이제 항구의 밤은 어부들의 삶을 흔들고 있을 뿐이다.

이런 서민들의 애환을 들여다보고 상처를 보듬어주려는 행위는 시인의 타고난 심성이다. 음식 만들기 좋아하고 남들 먹여주기 좋아하는 조선희의 심성이 드러나는 시이다.

아이 셋을 기르는 해군 부사관의 이야기는 눈물겹다. 소시민의 애환을 대변하는 이 시는 휴일에 아르바이트로 막일을 하면서 가사에 보탬이 되게 하려 노력하는 우리 이웃의 아버지 상을 투영한다. 새벽에 인력사무실에 가서 배정받은 일자리가 하필 자신이 근무하는 부대일 줄이야.

　　대한민국 해군 원사인 이 분에게는 미소를 잃지
　않는 아내와 아이들이 셋 있습니다
　　정신지체 1급인 큰딸이 태어난 것도 그저 감사해
　하며 살아가는데
　　이 아저씨 가계에 보탬이 되길 바라며 휴일마다

아무도 몰래 아르바이트 막일을 가끔 했다는데

　　며칠 전 인력 사무실에 갔더니 바로 뽑혀 봉고차
뒷좌석에 앉아 잠을 청했다는데

　　전날 사병들과 마신 술이 덜 깨어 얼큰한 해장국
생각뿐이었다는데

　　행선지를 얼핏 듣는 순간 술이 확 깨더랍니다 막
일하러 가는 곳이 이 아저씨 근무하는 부대라니!

　　다급해진 아저씨 이유 묻지 말고 차에서 내려 달
라 부탁했답니다 비 내리는 거리에 내려 주머니를 뒤
져보니 돌아갈 차비도 없었다는데

－「진짜 시」 부분

　　'몸으로 쓰는 시'가 진짜 시라는 말은 시인의 말에 나오는
"살아서 팔딱이는 시어들"이 구체화된 결정체이다. 이런
시적 태도는 김종삼의 다음 시를 떠오르게 한다.

　　누군가 나에게 물었다. 시가 뭐냐고

　　나는 시인이 못됨으로 잘 모른다고 대답하였다.

　　무교동가 종로와 남산과

　　서울역 앞을 걸었다.

　　저녁녘 남대문 시장 안에서

　　빈대떡을 먹을 때 생각나고 있었다.

　　그런 사람들이

엄청난 고생 되어도

순하고 명랑하고 맘 좋고 인정이

있으므로 슬기롭게 사는 사람들이

그런 사람들이

이 세상엣 알파이고

고귀한 인류이고

영원한 광명이고

다름 아닌 시인이라고

                      - 김종삼 「누군가 나에게 물었다」 전문

   시가 뭐냐고 물을 때 이렇다고 정확하게 설명하는 게 가능한가. 온갖 문예이론을 동원해서 정의를 내린다 해도 시를 명확하게 설명하지는 못한다. 몸은 엄청 고생 되어도 늘 명랑하고 순한 마음을 지니고 슬기롭게 때론 웃으며 때론 울며 살아가는 사람들이 바로 시인이다. 따스한 눈길이 따스한 시를 창조한다는 평범한 생각이 담고 있는 소중함을 다시 느낀다. "구두 종합병원 장씨 아저씨"가 "상처로 널브러진 신발"들을 "희망의 실로 단단하게" 꿰매는 「상처를 꿰매다」를 읽어보라. 그리고 인생은 직선이 아닌 곡선이라 말하며 "구겨진 시간/그림자 머물던 모퉁이/ 이제 빳빳하게 날을 세워/ 앞만 보고 나아갈 뿐"인, 삶의 본질적 형상인 에돌아가기를 반어적으로 다시 기억하려는 「풍경, 그 쓸쓸함」을 보라. 삶에 대한 깊은 관조를 통해 시세계를 확장해

온 조선희에게 시인의 소명이란 언어 치유사와 같은 영역을 개발하는 일이다.

> 삶이 비포장 길이라 갈팡질팡 어수선한 당신 마음
> 마디마디 그늘진 기억 죄다 끄집어내어 그 쓴 맛이
> 잘 어우러지게 싱싱한 토속어 넣고 잘 버무려주세요
> 그래도 시가 맛이 없다면 어쩌겠어요? 온갖 사람
> 입맛에 맞게 버무리며 사는 일 어디 쉽던가요?
> ─「시 버무리」 부분

고단한 비포장 길에서 늘 어수선하게 살아가는 작은 사람들의 그늘진 기억에 햇살을 비추어주려는 마음은 철저한 자기반성으로 이어진다. 이러면 안 된다는 걸 알면서도 어찌하지 못하는 게 사람 아닌가. 모든 버무린 음식은 시간이 지나야 맛이 난다.

3. 갓김치와 빠마

불공을 드리러 향일암으로 올라가는 길목에 있는 식당 주인이 건네준 갓김치를 입에 물고 머뭇거리는 할머니의 모습이 우리 얼굴이다.

> 할머니가 향일암을 향해 숨을 헐떡이며 오르고 있

다 이른 아침인데도 드문드문 열려 있는 가게들, 금
방 빻은 빠알간 고춧가루에 곰삭은 젓국으로 버무려
진 갓김치 냄새, 알싸하다 절로 입안에 침이 고인다
주인이 건네주는 갓김치 얼른 입안에 넣고 할머니가
염불을 한다

얼른 올라가 부처님께 삼배를 허야 쓸 것인디 불
타버린 대웅전 불사에 보시도 쪼깐 허고 아따 겁나게
맛난 거 이놈의 돌산 갓김치가 발목을 잡네 워메 맛
난 거 어째야 쓰까 올라는 가야 헐 것인디

온갖 비바람 맞으면서도 앞가림은 하고 살아왔는
데…… 목구멍으로 갓김치 바삐 넘기며 할머니는 대
웅전을 향해 잰걸음 옮긴다 오늘따라 아침 해가 더
붉다

– 「돌산 갓김치」 전문

인생이 그토록 "겁나게 맛난 거"였다면 굳이 불공을 드
리지 않아도 된다. 소수를 제외하면 대개의 인간은 느린 걸
음 보다 잰걸음으로 살아 왔고 또 그리 살아야 한다. 갓김
치를 씹는 입과 가파른 산길을 오르는 걸음 사이에는 삶과
죽음 사이만큼 멀고도 가까운 풍경이 있다. 바로 이런 풍경
이다.

오일장이 서는 날 비가 내렸다

경쾌한 빗방울 소리에

오고파 미용실 봉순 여사

가위든 손가락이 날개를 달았다

파마라고 말하면 금방 풀린다며

'빠마'라 고집하는 동네 어른들

봉순 여사 빠르게 손을 놀리며

읍내 소문들을 머리카락 속에 말아 넣는다

이웃마을 영감님

별다방 김 양과 바람난 이야기는

미용실 단골 레퍼토리

마흔 넘은 노총각이

열일곱 살 필리핀 신부와 결혼한 이야기도

잽싸게 말아 넣는다

동네 어른들이 건네는 만 원 한 장이

얼마나 귀한지 잘 아는

마음 따스한 봉순 여사

—「빠마하는 날」 전문

　뭔가 특별할 것도 없는, 머리모양이나 뒷모습만 보면 누군지 알 수 없는 차림의 고만고만한 사람들이 모여 웃으며 사는 동네의 풍경이다. 세대를 아우르고 남녀를 아우르고

창에 부딪히는 빗방울도 경쾌한 풍경 속에 삶의 해답이 숨어 있다. "높은 학력과 문화적 수준을 배경으로 등장한 최근의 시인들은 엘리트주의적 발상을 가지고 시를 쓰는 것 같다"는 시인 최금진의 고백과는 사뭇 다른 풍경이다.

목수인 아버지가 나무의 결을 따라 다듬는 손을 가졌다면 조선희는 생의 물결 따라 이제 불혹의 눈길을 가졌다. 부모와 나를 돌아보고 나와 이웃을 살펴보는 따스한 눈길을 가진 그녀가 노래방에서 '쓰러집니다'를 부를 때 함께 있던 모두 쓰러졌었다. 그녀의 좋은 시를 읽으면서 또 쓰러질 수 있게 앞으로의 문운이 승승장구하기를 바란다.

2013년도 제주문화예술육성사업 지원금을 일부 지원 받았습니다.

수국꽃 편지

지은이 조선희
1판 1쇄 인쇄 2013년 3월 28일
1판 1쇄 발행 2013년 4월 5일

발행인 김소양

편집주간 김삼주
편집 박무선
마케팅 김지원, 이희만, 장은혜

발행처 ㈜우리글
출판등록번호 제 321-2010-000113호
출판등록일자 2010년 05월 24일

주소 서울시 서초구 양재2동 299-5 남양빌딩 6층
마케팅팀 02-566-3410 **편집팀** 02-575-7907 **팩스** 02-566-1164
홈페이지 www.wrigle.com **블로그** blog.naver.com/wrigle

값은 표지에 있습니다.
ISBN 978-89-6426-061-6
       89-89376-20-3(세트)
※잘못 만들어진 책은 구입하신 서점에서 교환해드립니다.